LEKTÜREHILFE

Das Verschwinden von Stephanie Mailer

Joël Dicker

DER QUERLESER

LEKTÜRE HILFE

Das Verschwinden von Stephanie Mailer

Joël Dicker

Verfasst von Morgane Fleurot
Übersetzt von Gerda Fischer

DER QUERLESER

Auf derQuerleser.de findest Du:
Zahlreiche verständliche und
detaillierte Lektürehilfen in
Nullkommanichts in digitaler
Version oder als Taschenbuch.

JOËL DICKER

SCHWEIZER SCHRIFTSTELLER

* **Geboren 1985 in Genf**
* **Einige seiner Werke:**
  * *The Last Days of Our Fathers* (*Die letzten Tage unserer Väter*) (2010), Roman
  * *Die Wahrheit über den Fall Harry Quebert* (2012), Roman
  * *Das Buch der Baltimore* (2015), Roman

Joël Dicker ist ein junger, aufstrebender Autor. Ursprünglich Absolvent der Universität Genf in Rechtswissenschaften und ehemaliger Parlamentsattaché in der Schweiz, widmet er sich heute seiner Leidenschaft: dem Schreiben. Es wäre in der Tat falsch, sie nicht zu unterschreiben: Sein zweiter Roman *La Vérité sur l'affaire Harry Quebert* (2012), der mit dem Prix Goncourt des lycéens ausgezeichnet wurde, verkaufte sich fünf Millionen Ma und wurde in 40 Sprachen übersetzt. Denn nach einem ersten historischen Roman (seine Figuren sind Geheimagenten der SOE) versuchte sich der Schriftsteller mit Bravour als Autor eines Thrillers im amerikanischen Stil.

Joël Dicker, der seit seinem allerersten Buch (2010) im Verlag De Fallois veröffentlicht hat, ehrt seinen Verleger (der am 2. Januar 2018 verstorben ist) in seinem neuesten Roman *La disparition de Stephanie Mailer* (*Das Verschwinden von Stephanie Mailer*).

DAS VERSCHWINDEN VON STEPHANIE MAILER

EIN GIGANTISCHER *COLDCASE*

- **Genre:** Kriminalroman

- **Referenzausgabe:** *La disparition de Stephanie Mailer*, Paris, Éditions de Fallois, 2018, 640 S.

- **1ʳᵉ Ausgabe:** 2018

- **Themen:** Thriller, Verschwinden, Mord, Spannung, New Yorker Vorstadt, Ermittlungen, Theater, Gigogne Roman

Das Verschwinden der Stephanie Mailer ist ein dichter Roman, der wie ein Thriller im amerikanischen Stil wirkt. Joël Dicker knüpft an den Erfolg seines zweiten Buches, *Die Wahrheit über den Fall Harry Quebert*, an und verankert die Handlung in den USA, einige Stunden von New York entfernt in den Hamptons. Doch diesmal ist nicht Nola Kellergan verschwunden, sondern Stephanie Mailer, eine erfahrene Journalistin, die gerade einen 20 Jahre alten Fall untersucht, in dem es um ein Theaterfestival und einen Vierfachmord geht. Die Kritiken sind zwar gemischt, aber Joël Dicker gelingt es erneut, einen effektiven *Pageturner zu schreiben.*

ZUSAMMENFASSUNG

1993-1994

Orphea, eine kleine Stadt in den Hamptons, etwa 100 km von New York entfernt, wird von ihrem Bürgermeister Joseph Gordon beherrscht. Dieser setzt nämlich sein Gesetz durch, indem er von den Einwohnern Bestechungsgelder erhebt, sobald diese für ihre Aktivitäten die Genehmigung des Rathauses benötigen. Gordon versucht, Ted Tennenbaum zu bestechen, einen jungen Mann mit großem Körperbau und Kampfgeist, aber Tennenbaum stellt sich ihm in den Weg, weil er sein Restaurant Café Athena bauen will.

Ted Tennenbaum hat auch Probleme mit dem Drogenboss Jeremiah Fold, einem Zuhälter und Dealer, den er verprügelt und gedemütigt hat, und der ihn nun mit der Drohung erpresst, sein Restaurant und sein Haus niederzubrennen. Jeremiah hat es sich zur Gewohnheit gemacht, seine „Lakaien" mit einer originellen, wenn auch unorthodoxen Methode anzuwerben: Er prostituiert die schöne Mylla, ein minderjähriges Mädchen, und erpresst seine Kunden. Als Jeremiah 1994 bei einem Autounfall tragisch ums Leben kommt, ist das Leiden aller beendet.

Meghan Padalin ist eine junge Buchhändlerin, die in Orphea lebt. Als sie von der Erpressung durch die Stadtverwaltung erfährt, bedroht sie Gordon jeden Abend mündlich und verrät ihn an den stellvertretenden Bürgermeister Alan Brown, indem sie einen anonymen Anruf bei ihm tätigt. Darüber hinaus ist sie in eine außereheliche Liebesaffäre mit dem Kritiker Meta Ostrovski verwickelt, der sich unsterblich in sie verliebt hat.

30. JULI 1994

Während des Eröffnungsabends des ersten Orphea-Festivals kommt es zu einem vierfachen Mord durch Schüsse: an der Familie Gordon (dem Bürgermeister, seiner Frau und ihrem Sohn) und an Meghan Padalin, die auf den ersten Blick eine lästige Zeugin des Geschehens war.

Ted Tennenbaum wird von der Polizei schnell verdächtigt: Sein Lieferwagen wurde zur Zeit der Morde vor dem Haus des Bürgermeisters gesichtet, die ganze Stadt weiß von seinen Differenzen mit Gordon, und vor allem weiß die Polizei aus sicherer Quelle, dass er eine Berreta-Pistole besitzt, die der Mordwaffe entsprechen würde.

Inspektor Jesse Rosenberg und Sergeant Derek Scott werden mit den Ermittlungen betraut und es gelingt ihnen, umfangreiches Beweismaterial zu sammeln, um Tennenbaum zu verhaften. Tennenbaum wird verfolgt und kommt bei einer Verfolgungsjagd mit der Polizei ums Leben, bei der auch Jesses Verlobte Natasha stirbt. Nach dem Tod des Hauptverdächtigen wird der Fall zu den Akten gelegt.

2013-2014

Die Polizistin Anna Kanner lässt sich scheiden und zieht von New York City in das beschauliche Vorstadtstädtchen Orphea. Sie wird als stellvertretende Polizeichefin in die Polizeistation aufgenommen, da Bürgermeister Brown ihr die Stelle des Polizeichefs versprochen hat, sobald dieser in den Ruhestand geht.

In New York wird die junge Dakota Eden in einen Fall von Mobbing verwickelt, der ihre Mitschülerin Tara in den Selbstmord getrieben hat. Dakota soll sich gerächt haben, nachdem die junge Tara eine wertvolle Datei von ihrem Computer gelöscht hatte: das Theaterstück, an dem sie ein ganzes Jahr lang geschrieben hatte.

Steven Bergdorf, der Leiter der *New Yorker Literaturzeitschrift,* *hat* eine leidenschaftliche Liebesbeziehung zu seiner Angestellten Alice Filmore. Sie arbeitet unbewusst daran, ihn mit ihren kostspieligen Forderungen nach und nach zu ruinieren, während Steven alles versucht, um die Affäre vor seiner Frau zu verbergen.

SOMMER 2014 VOR DER PREMIERE

Als Jesse Rosenberg in den Vorruhestand gehen will, wird er von einer jungen Journalistin angesprochen, die ihm sagt, sie heiße Stephanie Mailer und habe sich erneut in den Fall des Vierfachmordes von 1994 vertieft. Sie erzählt ihm, dass sie über neue Erkenntnisse verfügt und der Täter nicht Ted Tennenbaum ist. Nach Stephanies mysteriösem Verschwinden beschließt

Jesse, die Ermittlungen von 1994 wieder aufzunehmen und holt seinen damaligen Partner Derek hinzu. Die beiden werden auch von Anna unterstützt, der einzigen Polizistin in der Polizeistation von Orphea, die von dem Fall fasziniert ist. Als die Leiche der vermissten Journalistin ertrunken aufgefunden wird, sehen sich die drei Helden in ihrer Gewissheit bestätigt, dass der Mörder von 1994 auch 20 Jahre später noch sein Unwesen treibt und befürchtet, entdeckt zu werden.

Als sie versuchen, den damaligen Polizeibericht in die Hände zu bekommen, stellen sie fest, dass dieser verschwunden ist: An der Stelle, an der er hätte sein sollen, liegt ein einfaches Stück Papier mit der rätselhaften Aufschrift „DIE SCHWARZE NACHT". Die schwarze Nacht bezieht sich auf ein Theaterstück, das Kirk Harvey, der Polizeichef von Orphea, zum Zeitpunkt der Ereignisse von 1994, geschrieben hat. Er verspricht, den Namen des Täters zu verraten, wenn sein Stück beim 20. Theaterfestival einige Tage später aufgeführt wird. Bürgermeister Brown kommt der Bitte nach und Kirk stellt seine Schauspieler vor: Jerry und Dakota Eden, der Vater und seine depressive Tochter auf *der* Durchreise nach Orphea; Steven Bergdorf (der ehemalige Herausgeber der Lokalzeitung *Orphea Chronicle*) und seine Geliebte Alice; Gulliver, der derzeitige Polizeichef; Samuel Padalin, Meghans Witwer; und schließlich Ostrovski, der berühmte Kritiker. Er rekrutiert auch Charlotte Brown, die Frau des Bürgermeisters, die schnell verhört wird, weil sie am Abend des Mordes von einem neuen Zeugen am Steuer von Tennenbaums Lieferwagen gesehen wurde; sie wird später entlastet, bleibt aber verdächtig. Michael Bird, der Chefredakteur von *L'Orphea chronicles*, wird beauftragt, über das Ereignis zu berichten und ist bei allen Proben anwesend, die geheim gehalten werden. Als Dakota angeschossen wird, als ihre Figur gerade den Namen des Täters von 1994 preisgeben will, werden alle Schauspieler verdächtigt. Kirk Harvey enthüllt daraufhin, dass er keine Ahnung vom Namen des Täters hatte und hoffte, dass dieser sich während der Aufführung zu erkennen geben würde.

SOMMER 2014 NACH DER PREMIERE

Als Anna, Jesse und Derek die Position von Meghan Padalins Leiche analysieren, finden sie heraus, dass sie das Opfer von 1994 war und dass der Bürgermeister und seine Familie nur unglückliche Zeugen waren. Als sie Meghans Tagebücher finden, die ihr Mann aufbewahrt hatte, machen sie einen wichtigen Durchbruch in den Ermittlungen: Es gab nicht nur einen, sondern zwei Mörder, die sich ausgetauscht hatten. Jeder hatte den Auftrag, den Mord des anderen auszuführen, um die Spuren der Ermittler zu verwischen: Bürgermeister Gordon wollte Meghan Padalin ermorden, weil sie seine korrupten Geschäfte bedrohte, und ließ deshalb jemanden damit beauftragen, während er selbst dafür sorgte, dass Jeremiah Fold verschwand. Nun gilt es herauszufinden, wer Jeremiahs Tod wollte, um den Mörder von Meghan, dem Bürgermeister und Stephanie Mailer in die Finger zu bekommen.

Anna gelingt es, Mylla, Jeremiahs ehemalige Prostituierte, die nach dem Tod ihres Peinigers ihre wahre Identität wieder angenommen hat und nun mit Michael Bird verheiratet ist, zu entlarven, weil sie sie auf einem Foto wiedererkannt hat. Michael, Jeremiahs ehemaliger „Handlanger", war unsterblich in Mylla verliebt. Er plante daher, ihren Peiniger zu ermorden, und verbündete sich mit Ted Tennenbaum, der ebenfalls versuchte, den Erpresser loszuwerden. Es ist Ted, der die Idee für den Austausch mit Bürgermeister Gordon hat und eine raffinierte Masche entwickelt: Er ist der Einzige, der weiß, wer die beiden Mörder sind, und vertraut ihnen die Namen der Opfer mittels einer verschlüsselten Nachricht in zwei Büchern aus dem Buchladen an. Als Michael begreift, dass er verdächtigt wird, versucht er, die kurz vor dem Ziel stehende Anna zu beseitigen, die jedoch *in letzter Sekunde* von Jesse und Derek gerettet wird. Der Täter gesteht schließlich die Morde von 1994 und 2014.

UNTERSUCHUNG DER CHARAKTERE

DAS POLIZEITEAM

Jesse Rosenberg

Jesse, der Hauptheld der Geschichte, ist Captain der New Yorker Staatspolizei und steht zu Beginn des Romans mit 45 Jahren kurz vor seiner Pensionierung. Nach Aussage seiner Kollegen ist er nicht nur brillant, sondern auch ein gut aussehender Mann. Trotz seiner unbestreitbaren Vorzüge wird Jesse von dem Tod seiner Verlobten Natasha verfolgt, der mit dem Fall von 1994 in Verbindung zu stehen scheint. Dies ist sicherlich der Grund, warum er den eigentlich gelösten Fall zwanzig Jahre später wieder aufrollt.

Derek Scott

Derek Scott ist Jesses ehemaliger Teamkollege auf dem Spielfeld. Er hat sich nach dem Fall von 1994 zurückgezogen und arbeitet immer noch für die Staatspolizei, allerdings in der Verwaltungsabteilung, wo er sich maßlos langweilt. Er ist mit Darla verheiratet und hat eine Familie. Dennoch zögert er nicht, den Fall aus dem Jahr 1994 wieder aufzurollen, auch wenn er damit riskiert, sein familiäres Gleichgewicht zu stören.

Anna Kanner

Nach ihrer Scheidung zog Anna nach Orphea, wo sie als zweite stellvertretende Chefin der Polizei von Orphea tätig ist. Sie war zuvor Verhandlungsführerin bei der New Yorker Staatspolizei und gab ihren Posten auf, nachdem sie versehentlich eine Geisel getötet hatte. Sie ist die einzige Frau im Polizeirevier von Orphea und wird von ihren Kollegen zunächst bewundert, dann aber abgelehnt. Anna ist offensichtlich sehr attraktiv und wird mehrfach darauf hingewiesen, dass sie die Blicke auf ihrem Weg magnetisch auf sich zieht. Sie wird sofort auf das Verschwinden von Stephanie Mailer aufmerksam und ergänzt das Team um Jesse und Derek, die den Fall von 1994 untersuchen. Diese Hilfe wird sich als sehr wertvoll erweisen: Die junge Frau ist gewissenhaft und überrascht gerne mit ihrer Effizienz.

Ron Gulliver

Gulliver ist der Polizeichef von Orphea und Annas Vorgesetzter. Er ist sehr korpulent und ernährt sich unausgewogen. Er ist von Natur aus vulgär, unfreundlich und hat wenig Lust, sich an den Ermittlungen zu beteiligen. Er ist nur an sich selbst interessiert, da er im Laufe der Ermittlungen kündigt (S. 429), um an Kirk Harveys Theaterstück im Rahmen des Theaterfestivals teilnehmen zu können.

Jasper Berg

Jasper Montagne ist zusammen mit Anna stellvertretender Polizeichef von Orphea und befürchtet, dass seine Kollegin ihm bei der Wahl des neuen Polizeichefs zuvorkommen könnte. Seinem Namen entsprechend sieht er aus wie ein Spiegelkabinett, aber er ist böswillig und ähnelt damit Chef Gulliver, dessen „würdiger" Nachfolger er zu sein scheint.

Major McKenna

Der Major ist der direkte Vorgesetzte von Jesse und Derek bei der Staatspolizei. Sein impulsives Temperament lässt auf eine militärische Karriere schließen. Obwohl er streng und unnachgiebig ist, scheint er das Team ins Herz geschlossen zu haben und räumt ihm regelmäßig mehr Zeit ein, um die Ermittlungen abzuschließen.

Kirk Harvey

Kirk Harvey war zum Zeitpunkt des Vierfachmordes von 1994 Leiter der Polizei von Orphea; er verließ die Stadt kurz nach dem Fall überstürzt. Zwanzig Jahre später ist er ein „Erleuchteter" (S. 351), der in Los Angeles lebt und jedem, der es hören will, und insbesondere Schauspielschülern erzählt, dass er „das Theaterstück des Jahrhunderts" schreibt. Auf Bitten von Bürgermeister Brown kehrt er nach Orphea zurück, um bei der Aufk ärung des Falls zu helfen, aber vor allem, um sein Meisterwerk endlich auf die Bühne zu bringen. Er ist eine extravagante Figur, die zur komischen Triebfeder des Romans beiträgt Er kann sich auch als Lügner und Doppelzüngler erweisen.

EINWOHNER VON ORPHEA

Charlotte Brown

Charlotte, die ehemalige Freundin von Kirk Harvey und früher selbst Schauspielerin, war die Hauptdarstellerin des Stücks *Onkel Vania*, mit dem das erste Theaterfestival in Orphea eröffnet wurde. Die schöne und lächelnde Charlotte ist heute die Ehefrau von Bürgermeister Brown und arbeitet in einer Tierklinik. Sie wird schnell in die Ermittlungen einbezogen, da sie zum Zeitpunkt des Mordes 1994 nur wenige Minuten vor der Aufführung nicht im Theater war.

Alan Brown

Alan Brown wird als Bürgermeister der Stadt schnell in die Ermittlungen verwickelt und tritt im Roman häufig in Erscheinung. Er zeichnet sich vor allem durch seine ausgeprägte Feindseligkeit gegenüber Hauptmann Rosenberg aus, gegen den er hetzt. Als stellvertretender Bürgermeister während des Falles von 1994 wurde er vorzeitig aus dem Amt gedrängt, obwohl es Hinweise darauf gab, dass er an der organisierten Flucht von Bürgermeister Gordon beteiligt war, die durch dessen Ermordung verhindert wurde.

Michaël Bird

Michael ist der Chefredakteur der *Orphea chronicle*, der Tageszeitung der Stadt. Er trat die Nachfolge von Steven Bergdorf an der Spitze dieser Zeitung an, als dieser kurz nach den Morden von 1994 überstürzt abreiste. Darüber hinaus ist er der letzte Arbeitgeber von Stephanie Mailer. Während der Ermittlungen zeigt er sich sehr willensstark und stellt dem Polizeiteam sogar seine Räumlichkeiten zur Verfügung, als sich die Polizisten auf dem Polizeirevier nicht mehr sicher fühlen.

Miranda Bird

Sie ist Michaels Frau und zwischen den beiden besteht ein großer Altersunterschied: Sie ist mehrere Jahre jünger als er. Ihre Vergangenheit wird von der Polizei diskret ausgegraben, als sie herausfindet, dass sie Jeremiah Fold als Köder diente, um seine Handlanger zu rekrutieren. Am Ende stellt sich heraus, dass sie von den früheren und aktuellen Machenschaften ihres Mannes absolut nichts wusste.

Cody Illinois

Als Nachbar und Freund von Anna ist er der erste, der ihr bei ihrer Ankunft in der Stadt Zuneigung entgegenbringt. Er ist von Beruf Buchhändler und vor seiner Ermordung bei der Wiederaufnahme der Ermittlungen im Jahr 2014 eine wertvolle Stütze und Zeuge der Geschichten und Sitten der Stadt im Jahr 1994: Er führte den Buchladen bereits zu dieser Zeit und hatte Meghan Padalin als Angestellte.

DIE OPFER

Meghan Padalin

Meghan, die erste Figur, die in dem Roman auftaucht, wird zunächst als Kollateralschaden des Mordes von 1994 betrachtet, als lästige Zeugin, die beseitigt werden musste. Es stellt sich jedoch heraus, dass sie das Hauptziel war.

Stephanie Mailer

Stephanie, die Namensgeberin, taucht jedoch nur kurz am Anfang der Geschichte auf, als sie nach New York kommt und Jesses Neugier weckt, als sie ihm erzählt, dass sie bei ihrer Untersuchung 1994 einen Fehler entdeckt hat. Sie war zunächst bei der *New York Literary Review* angestellt und arbeitete später für die *Orphea Chronicle*, bevor sie ertrunken in der Nähe von Orphea aufgefunden wurde. Dieser letzte Hinweis bestätigte den Polizisten die Notwendigkeit, den Fall von 1994 wieder aufzurollen.

Joseph Gordon

Gordon wurde 1994 mit seiner gesamten Familie in Orphea ermordet und war damals Bürgermeister der Stadt. Bei den Ermittlungen im Jahr 2014 entdeckte die Polizei seine Verwicklung in Korruptionsfälle, die vielen Bewohnern der Stadt ein solides Motiv liefern würden. In Wirklichkeit ist er ein Kollateralopfer und unglücklicher Zeuge des Mordes an Meghan Padalin.

Natasha Darrinski

Natasha war Jesses Verlobte und eine hervorragende Köchin, die kurz davor stand, ihren Traum zu verwirklichen: ein eigenes Restaurant zu eröffnen. Sie starb auf tragische Weise während der polizeilichen Verfolgung von Ted Tennenbaum (Hauptverdächtiger in der Untersuchung von 1994).

DIE NEW YORKER ZEITSCHRIFT FÜR LITERATUR

Steven Bergdorf

Der Chefredakteur der Zeitschrift *New York Literature* ist feige, heuchlerisch und schwach. Er ist in einer höllischen Liebesspirale mit seiner jungen Geliebten Alice gefangen: Er nimmt sie nur mit nach Orphea, weil er ursprünglich vorhatte, sie zu ermorden, um sie loszuwerden. Doch er ändert immer wieder seine Meinung und offenbart einen labilen Charakter. Diese Situation macht ihn zu einem idealen Täter für die Morde von 1994: Er ist gewalttätig, inkonsequent, ungeschickt und schnell von den Ereignissen überfordert.

Alice Filmore

Sie ist launisch, selbstverliebt und überzeugt davon, eine aufstrebende Autorin zu sein. Ihre Absichten in Bezug auf Steven Bergdorf sind unklar. Sie sagt, dass sie ihn liebt, aber sie scheint ihn mehr zu benutzen: als Mittel, um materiellen Besitz zu erlangen, oder als Vehikel für ihren beruflichen Aufstieg, da sie ihn für geeignet hält, ihr Manuskript zum Bestseller zu machen.

Meta Ostrovski

Ostrovski ist von Beruf Kritiker und seit mehreren Jahren bei der *Revue* angestellt. Er ist extrem von sich selbst und seiner Funktion eingenommen, so dass er zu einer Karikatur wird. Dennoch macht ihn seine bedingungslose Liebe zu Meghan Padalin zu einem herzerweichenden Charakter. Darüber hinaus ist er der Auftraggeber von Stephanies Buch.

DIE FAMILIE EDEN

Dakota Eden

Dakota ist eine 19-jährige, notorisch depressive junge Frau, deren Leben durch den Konsum von Drogen zerbröckelt. Sie ist eine geborene Dramatikerin, schreibt aber nicht mehr, seit sie ein Jahr zuvor eine Mitschülerin in den Selbstmord getrieben hat.

Jerry Eden

Der Multimillionär Jerry ist Geschäftsführer des berühmten Fernsehsenders Channel 14 und nebenbei auch noch Dakotas Vater. Um seine Tochter vor dem Schiffbruch zu retten, beschließt er, sie während der Ereignisse der Erzählung nach Orphea zu bringen, um dort neue Energie zu tanken.

Tara Scalini

Tara ist Dakotas Freundin aus Kindertagen und hatte sich als Teenager in sie verliebt. Nachdem sie ihr ihre Liebe gestanden hatte, wurde sie von ihr gedemütigt und schließlich erhängt in ihrem Zimmer aufgefunden.

SCHLÜSSEL ZUM LESEN

EIN GIGANTISCHER ROMAN

Vervielfältigung von Standpunkten

Formal ist *Stephanie Mailers Verschwinden* ein Schubladenroman, d. h. die Haupterzählung wird durch eingebettete Nebenerzählungen ergänzt, die sowohl Rückblicke als auch unterschiedliche Erzählungen darstellen. Wenn man sich die Aufteilung des Romans ansieht, lässt sich ein bestimmter Mechanismus erkennen: Über jedem neuen Kapitel steht der Name des Protagonisten, der der folgenden Erzählung seine Perspektive leiht. Um die Erzählung so klar wie möglich zu machen, gibt es drei wiederkehrende Erzählerfiguren: Jesse, Derek und Anna. Jesses Perspektive ist die am häufigsten vertretene, was dazu beiträgt, ihn zum Helden des Romans zu machen, und außerdem enthält jedes seiner Kapitel eine zusätzliche Information: einen Countdown bis zum ersten Tag des Festivals.

Aber auch Steven, Jerry, Dakota und Meghan erzählen aus der Ich-Perspektive. Das Kapitel von Dakota (S. 436) knüpft an das Kapitel von Jerry an und enthüllt, warum „alles kippte" (S. 332).

Mehrere Rückblicke

Während Jesse in der Ich-Form von der Zeit der Erzählung, der Untersuchung im Jahr 2014, berichtet, sind die Erzählungen von Anna und Derek in einer bestimmten Raumzeit verankert: Derek erzählt von der Untersuchung, die er 1994 mit Jesse durchgeführt hat, während Anna von ihrem Leben in New York und ihrem Umzug nach Orphea zwischen 2010 und 2014 berichtet. Eingebettet in diese Auszüge aus der Ich-Perspektive sind auch Rückblicke in der dritten Person, in denen auf einen bestimmten Punkt eingegangen wird, der meist von den inzwischen verstorbenen Protagonisten erlebt wurde. Jede Erzählung scheint jedoch auf einen einzigen Punkt der Sublimierung hinzuarbeiten, was auch durch die Rückwärtszählung der Kapitel (-7, -6, -5 usw.) angedeutet wird: „0 Am Abend der Premiere" (S. 469). An diesem Punkt treffen sich übrigens die Höhepunkte der drei Haupterzählungen von Jesse, Anna und Derek, die jeweils mit folgendem Vermerk eingestellt werden: „Samstag, 26. Juli 2014 [...] Der Tag, an dem alles kippte." (S. 471), „Freitag, 21. September 2012. Der Tag, an dem alles kippte." (S. 479), „Donnerstag, 13. Oktober 1994. Der Tag, an dem alles kippte" (S. 483).

Diese Vielzahl an Erzählsträngen verleiht dem Roman einen schnellen und schwungvollen Rhythmus, der durch zahlreiche Dialoge ergänzt wird, um ihm eine immer filmischere und facettenreichere Dimension zu verleihen: Tatsächlich haben diese Erinnerungen, die unmittelbar nach einem Dialog mit einem Zeugen oder nach einer Information, die eine Figur aus Verlegenheit verschwiegen hat, auftauchen, das Zeug zu Hollywood-Flashbacks.

EINE REFLEXION ÜBER DAS SCHREIBEN

Vielgestaltiges Schreiben

Der Roman bringt unter seinem drehbuchähnlichen Erscheinungsbild mehrere Genres hervor, die sich gegenseitig überschneiden und durchdringen. Insbesondere werden drei verschiedene Genres unterschieden, da sie formale Schreibanforderungen haben: natürlich der Roman, aber auch das Theater und das Tagebuch. Letzteres wird insbesondere durch die Auszüge aus Meghan Padalins Tagebuch (S. 558-560) repräsentiert, die das Schreiben und die Erzählung dynamisieren. Dennoch ist die Übung interessant, da diese Auszüge, obwohl sie in der ersten Person geschrieben sind, nicht die gleichen Äußerungsmechanismen verwenden wie beispielsweise Annas Erzählungen. Letztere lesen sich, als würde Anna sie an einen unwissenden Leser richten: Sie nehmen sich die Zeit, zu erklären, zu erläutern, zu kontextualisieren, kurzum zu erzählen. Im Gegensatz dazu sind Meghans Tagebücher so, wie sie sind, vollständig introspektiv, als ob sie den Leser in die Rolle des Ermittlers versetzen wollten. Sie halten sich nicht mit Erklärungen auf und bleiben selbstbezogen, wie die Erklärung am Anfang der Tagebücher zeigt: „Ein gutes neues Jahr für mich" (p. 558).

Was das Theater betrifft, so ist es sehr präsent: Es wird gelesen und gesehen und stellt eine Kulisse dar, deren Bühne der Roman selbst wäre. Aus diesem Grund beginnt die Erzählung mit einer Beschreibung des Aufbaus der neuen Veranstaltung von Orphea, die „an diesem Abend

[...] ihr allererstes Theaterfestival eröffnete" (S. 9), wie ein Didascalie die Szene des kommenden Dramas kontextualisieren würde. Um diese Idee zu untermauern, ist es interessant zu beobachten, dass der Verlag De Fallois eine „Liste der Hauptfiguren" (siehe Seite 637) anbietet, die an diese obligatorische Erwähnung in jeder Theaterausgabe erinnert. Kirk Harveys Stück kommt also wie ein Stück im Stück in die Erzählung und führt ein ganzes Vokabular und ein dramatisches Universum ein, das diese Thematik noch verstärkt. Schließlich wird das Stück *Onkel Wanja* häufig zitiert (da es das erste Stück war, das beim Festival 1994 aufgeführt wurde) und soll als literarische Referenz an den Autor oder auch als Hommage dienen.

 ## ONKEL VANIA

Tschechows 1897 geschriebenes Stück *Onkel Wanja war erfolgreicher* als der Dramatiker ursprünglich erwartet hatte. Das Stück handelt von lebensmüden, meist desillusionierten Charakteren, die aneinander und an dem potenziellen Glück, das sich aus ihren Begegnungen ergeben könnte, vorbeigehen. *Onkel Wanja* ist eine Umschreibung eines anderen Stücks Tschechows aus dem Jahr 1890: *Der Waldmensch*, das ursprünglich eine Komödie war und von der Kritik sehr schlecht aufgenommen wurde: Durch seine Umgestaltung wird es erheblich dramatisiert.

Mise en abime des Schreibens des Buches

Dieses Phänomen der Durchdringung zwischen dem geschriebenen Buch, das im gelesenen Buch erscheint, ist ein Thema, das bereits von Joël Dicker entwickelt wurde. In *Die Wahrheit über den Fall Harry Quebert* ist sein Held (Marcus Goldman) ein Schriftsteller, der nach Inspiration für seinen zweiten Roman sucht: Er schreibt schließlich das Abenteuer auf, das er gerade erlebt. Hier finden unsere Helden heraus, dass „Stephanie dem Fall ein ganzes Buch widmete" (S. 114), das sie „Nicht schuldig" nannte; außerdem ist es „spannend geschrieben" (S. 115).

Der mysteriöse Auftraggeber von Stephanies Buch (wie wir später erfahren, handelt es sich um den Kritiker Meta Ostrovski) verspricht ihr, einen „wunderbaren Kriminalroman" (S. 115) zu schreiben, an dem die Leser „ihre Freude haben werden" (S. 115): So viele lobende Artikel für den Roman, den wir in Händen halten und der die gleiche Handlung bietet! Interessant ist auch die Figur des Kritikers: Seine Funktionen werden sehr oft analysiert und der „kleinen Kunst" (S. 133) des Schreibens gegenübergestellt. Ostrovskij erklärt sich selbst zur „Polizei der intellektuellen Wahrheit" (S. 133). Joël Dicker karikiert diesen Beruf, indem er die willkürlichen Praktiken seiner Figur anprangert, die vernichtende Kritiken schreibt, ohne die Bücher überhaupt geöffnet zu haben (S. 135). Als Ostrovski zum Schauspieler des Stücks wird, durchläuft er eine Art Metamorphose und gewinnt an Demut, als ob der Autor nach dem Vorbild von Kirks Rache an Ostrovski (er macht ihn in seinem Stück lächerlich) sich ebenfalls am Image des Kritikers gerächt hätte.

DIE TRIEBFEDERN DER KOMIK

Komiker mit Charakter

Meta Ostrovskij wird durch diese Verwandlung zu einer Theaterfigur, die Komik vermittelt, obwohl er die Keime dieses Zustands bereits in sich trug: Als er seine Rolle als Kritiker übernimmt, ist er nur Übertreibung und Karikatur, „ein wichtiger Mann" (S. 133) oder „*Gott, aber besser*" (S. 136) sind seine eigenen Worte, um sich selbst zu definieren. Die häufige Verwendung der freien indirekten Rede (S. 132 und S. 133) trägt dazu bei, ihn zu einer verabscheuungswürdigen, aber komischen Figur zu machen. Er spricht nicht, sondern „brüllt" (S. 133), „schreit" (S. 337) oder „heult wie ein Verdammter mit einer zu hohen Stimme" (S. 338).

Gulliver „brüllt" (S. 337) und macht sich während der Aufführungen lächerlich, indem er einen „ausgestopften Wolverine" (S. 398) hält, nur mit einer Unterhose bekleidet ist und eine Rolle auf der Bühne macht, die wir uns angesichts des Aussehens des Polizeipräsidenten, dessen Übergewicht nur von seiner Dummheit übertroffen wird, tatsächlich als „erbärmlich" (S. 398) vorstellen können. Wie seine bodenständige Antwort auf Annas Rätsel zeigt ("Ich will schreiben, aber ich kann nicht schreiben. Wer bin ich?" (S. 334): „Antwort: Ein Einarmiger" (S. 335).

Komik von Worten und Gesten

Kirk Harvey ist von Natur aus eine Theaterfigur: Seine Mechanik beruht auf gesprochener Sprache und Körpersprache, er besteht nur aus Bombast und Gestikulation. Dies zeigt sich auch in seinem ersten Auftritt mit dem Titel *Ich, Kirk Harvey*, in dem er sich selbst als Regisseur, Autor und Schauspieler eines monologischen Stücks sieht, in dem er der einzige Protagonist ist. Diese Dissonanz zwischen seinen Ambitionen, seinem Selbstwertgefühl und den Eindrücken, die er bei seinen Mitmenschen hinterlässt, schafft eine notorische Diskrepanz, und diese Diskrepanz ist ein Inkubator für Komik. Darüber hinaus tragen die Substantive, die ihn als „Spinner" (S. 269), „wandelnden Witz" (S. 316) oder, wie er selbst sagt, „alten Narren" (S. 350) charakterisieren, dazu bei, ein farbenfrohes Bild von ihm zu zeichnen, das von Possenreißerei geprägt ist. Kirks eigene Gedanken spiegeln seine Vorliebe für Übertreibung und Emphase wider: Wenn er innerlich jubelt „O geliebter Ruhm, so lange begehrt, da bist du ja endlich" (S. 338), ist die Verwendung des Ausrufezeichens (das meist seine Sätze unterbricht) oder des lyrischen „O", das der Poetik oder Tragödie, die hier parodiert werden, eigen ist, bemerkenswert.

Diese Figuren bieten auch durch ihren lexikalischen Gebrauch einen Einstieg in die Komik. Kirk zögert beispielsweise nicht, seinen Kritikern und Gegnern blumige Namen zu geben: Beleidigungen wie „Gift!", „Batracien!" oder „Magengalle" (S. 262) verleihen den Dialogen eine burleske Dimension. Auch Interjektionen wie „Bigre" (S. 212) oder „Pfft!" (S. 213) stehen im Widerspruch zu einer ansonsten glatten Erzählweise. Die Umwandlung des Namens „Rosenberg" in „Leonberg" (S. 213) dient als Vergleich zwischen dem Polizisten und dem riesigen, plumpen Hund, dessen Rasse diesen Namen trägt.

SYMBOLISCHE ANLEIHEN

Orphea und der Abstieg in die Hölle

Dieses burleske, im Konkreten verankerte Superstrat koexistiert mit einem symbolischen Substrat, das an die Metaphysik rührt und insbesondere durch die Namen und die Überlagerung einer mythologischen Welt mit der Welt des Krimis vermittelt wird. Der Roman „Orphea" verleugnet nicht seine Verbindung zu Orpheus, dessen Mythos einer der ergreifendsten des antiken Griechenlands ist. Ted Tennenbaum scheint sich dieser Parallele bewusst zu sein, denn er nennt sein Café Athena, in Anspielung auf die griechische Göttin des Krieges und des Wissens. Die griechische Abstammung ist deutlich erkennbar, da Teds Lieferwagen eine Eule, den Fetischvogel der Göttin, trägt.

Dieses mythologische Echo wird durch das Rätsel „wie die Sphinx von Theben" (S. 334) untermauert, das Anna auf die Magnettafel schreibt, als die Ermittler nach der Identität des geheimnisvollen Auftraggebers von Stephanies Buch fragen: „Ich will schreiben, aber ich kann nicht schreiben. Wer bin ich?" (S. 334).

👁 Der Mythos von Ödipus

Die Sphinx, ein geflügeltes Wesen mit dem Körper einer Löwin und dem Kopf einer Frau, ist Teil des Mythos von Ödipus, dem tragischen Helden, der dazu verurteilt wurde, seinen Vater zu töten und seine Mutter zu heiraten. Als Ödipus vor den Toren der Stadt Theben ankommt, sieht er sich dem Monster gegenüber, das die Stadt terrorisiert und jeden verschlingt, der an der Lösung seiner Rätsel scheitert. Dieses stellt er Ödipus: „Welches Tier hat am Morgen vier Beine, am Mittag zwei und am Abend drei, und es ist umso langsamer und verletzlicher, je weniger Beine es hat?"

Die Antwort auf dieses berühmte Rätsel lautet „der Mensch", der als Kind auf allen Vieren krabbelt, als Erwachsener auf zwei Beinen steht und im Alter einen Stock zum Gehen benutzt. Die von Ödipus besiegte Sphinx stürzt sich von einer Klippe und der Held betritt das nunmehr von der Kreatur befreite Theben.

Biblische Resonanzen und mittelalterliche Glaubensvorstellungen

Wenn „mail" die Tätigkeit des Sendens bezeichnet, wäre „mailer" eine substantivierte Form, die den „Boten" bedeutet, wobei diese Parallele Stephanie mit der Figur des Gottes Hermes verbindet. Der Bote ist eine wiederkehrende Figur in Mythologien und findet auch in der katholischen Religion einen Widerhall, wo Propheten und Apostel für das Wort Gottes bürgen. Und dieses göttliche Wort ist das Wort von Stephanie, die gekommen ist, um

Jesse eine „Wahrheit" (S. 19) im Präsens der allgemeinen Wahrheit zu verkünden: „Sie haben diesen Fall nicht gelöst, Captain" (p. 19). Die Journalistin wird ermordet: Wie in der Bibel sind auch in der Bibel die Boten missverstandene Visionäre, die als Märtyrer enden. Zu ihnen gehört auch „Jeremia", der Name eines der Opfer des Jahres 1994, der an die vorherige These anknüpft. Vor Taras Selbstmord schließlich verbrachte die Familie Eden glückliche Tage im „Garten Eden" (S. 436), dem Namen ihrer Sommerresidenz. Dieses Wortspiel beinhaltet sowohl ihren eigenen Familiennamen als auch einen biblischen Verweis auf den wunderbaren Garten aus dem Buch Genesis. Aber jeder Garten Eden deutet auf Schuld und Fall hin: Tara wird von Dakota in den Selbstmord getrieben, dann folgt Dakotas langsamer Abstieg in die Hölle.

Die Hölle, die sich in dem von Kirk Harvey geschriebenen Theaterstück *The Black Night* verkörpert, dessen Titel bereits eine apokalyptische Symbolik aufweist. Der ehemalige Polizeichef nutzte diese Dimension, um 1993 und 1994 für das Stück zu werben: Er schrieb apokalyptische Botschaften an die Wände (*"Die schwarze Nacht wird bald beginnen"* [S. 162]) und schuf so ein regelrechtes Weltuntergangsgerücht, das von allen Bewohnern Orpheas ängstlich geflüstert wurde. Mehr noch: In dem Moment, in dem Alice einen Journalister in den Proberaum führt, warnt sie ihn durch eine Korrektur: Dies sei keine „Theatertür", sondern „das Tor zur Hölle" (S. 451). Schließlich ist der lateinische Text, den Meta Ostrovskij im Stück spricht (*„Dies irae, dies illa,//solvet saeclum in favilla!"*), einem mittelalterlichen Gedicht mit apokalyptischer Inspiration entnommen. Denn die letzten symbolischen Bezüge sind Echos auf das Mittelalter; um nur die Figur Kirks zu nennen, der die Rolle des mittelalterlichen Narren übernimmt: geachtet, weil er die Wahrheit bringt.

DENKANSTÖSSE

EINIGE FRAGEN, UM IHRE ÜBERLEGUNGEN ZU VERTIEFEN...

* Der Roman weist die Besonderheit auf, dass er mit Kapitel 7 beginnt. Erläutern Sie dieses Merkmal und seine Bedeutung für den Aufbau der Erzählung.

* Auf Seite 270 lässt uns ein Detail bereits erahnen, wer das eigentliche Opfer des 30. Juli 1994 ist, wer ist es?

* Wie bewirbt Kirk Harvey sein Stück für das erste Theaterfestival in Orphea? Mit welchem Leseschlüssel kann dies in Verbindung gebracht werden?

* Das lexikalische Feld des Theaters zieht sich durch den gesamten Roman; nennen Sie acht Begriffe, die sich auf diese Welt beziehen.

* Abgesehen von Tagebucheinträgen und Theaterstücken, welche anderen Formen des Schreibens werden im Roman inszeniert?

* Betrachten Sie den Abschnitt von Seite 489 bis 499. Welche Arten von Komik werden in diesem Kapitel eingesetzt und welche Figuren sind die Träger dieser Komik?

* Aus welchem Land stammt Natasha? Welche verschiedenen Elemente weisen darauf hin?

* Welchen Nutzen hat es Ihrer Meinung nach für den Romanautor, Figuren wie Dakota und Jerry in seinem Krimi auftreten zu lassen?

WEITERFÜHRENDE INFORMATIONEN

REFERENZAUSGABE

La disparition de Stephanie Mailer (Das Verschwinden von Stephanie Mailer), Paris, Éditions de Fallois, 2018.

REFERENZSTUDIEN

Atlas de la mythologie, Paris, Éditions Glénat, 2003.

KOUTCHOUMOFF L., „Joël Dicker, Genfer, 27 Jahre, träumte davon, einen großen amerikanischen Roman zu schreiben. Er hat es geschafft", in *Le Temps*, 15. September 2012. Abgerufen am 18. Oktober 2018.

https://www.letemps.ch/culture/joel-dicker-genevois-27-ans-revait-decrire-un-grand-roman-americain

Offizielle Website von Joël Dicker, „Biografie", in JoelDicker. Abgerufen am 18. Oktober 2018.

https://joeldicker.com/biographie/

Deine Meinung ist uns wichtig!
Hinterlasse doch einen Kommentar auf der Seite
unserer Online-Buchhandlung
und teile Deine Favoriten in den sozialen Netzwerken!

derQuerleser.de

Literatur auf den Punkt gebracht!